이런 나를 아시나요

이영애 시집

열정, 예술, 그리고. 삶을 쓰는 시인 이영애

"이런 나를 아시나요." 제목에서 주는 의문과 질문이 시적 발화가 되어 살아 있는 담론으로 궁금함을 유발하는 제목이 신선하다. 한 권의 작품집에서 시인의 인생을 훔쳐보는 것뿐만 아니라, 서정적인 허구와 초현실적인 접근법으로 그려놓은 예술적 작품도 함께할 수 있어야 할 것이다. 여류작가의 섬세함으로 인간의 미묘한 심리 변화를 시적(詩的) 묘사를 통해 감각적으로 그리고, 폭넓은 경험을 바탕으로 한 이영애 시인만의 독특한 화법으로 전개해 나가는 작품이 궁금하다.

사랑에 대해 말할 게 없는 시인의 글은 믿을 것이 못 된다고 말하는 이영애 시인은 이성의 합리적 역할과 사회의 건전한 발전을 회의하는 것이 언어며, 그 언어는 의미의 논리화를 말하는 것이고, 자아에서는 주체의 동일성을 부정하듯이 동일 된 정서와 그 정체성을 시적 언어로써 표현하려 한다. 이영애 시인은 시만이 가진 힘과 위력을 말할 수 있는 것은 시적 정서화에서 그치는 것이 아니라 분리되고 파괴된 현대인들의 정신세계까지도 치유할 힘을 가졌기 때문에 시는 우리 일상생활에서 늘 함께할 수밖에 없는 것이라 말하고 있다.

이영애 시인은 자신의 내면에 숨어 있는 이야기들을 한 편의 시로 피우기 위해 많은 노력을 하는 시인이다. 대학교에서 운영하는 평생교육원을 찾아다니며 시 창작과정을 배울 정도로 문학에 대한 열정으로 자신만의 삶을 영유하는 시인이다. 이영애 시인의 첫 시집은 한평생을 살아오면서 집필한 작품을 엮어 이제 독자를 찾아왔다. 시와 그림, 그리고 감성이 풍성한 시낭송까지를 한 권의 책으로 엮었다. 생각으로 시를 읽고, 눈으로 감상하고, 마음으로 듣고, 소리로 느낄 수 있는 멀티시집, "이런 나를 아시나요."를 독자에게 선물해준 이영애 시인에게 독자와 함께 감사한 마음이다.

사단법인 창작문학예술인협의회 이사장 김락호

QR 코드 스마트폰으로 QR 코드를 스캔하면 시낭송을 감상할 수 있습니다.

제목 : 가을 색을 칠하다
시낭송 : 박영애

제목 : 구름
시낭송 : 박순애

제목 : 그리움
시낭송 : 김지원

제목 : 사랑의 향기
시낭송 : 박순애

제목 : 이런 나를 아시나요
시낭송 : 박영애

제목 : 하늘 비에 그리움 띄우며
시낭송 : 박영애

제목 : 달빛 지는 밤에
시낭송 : 박순애

제목 : 고통이 따를지라도
시낭송 : 최명자

제목 : 아픈 자화상
시낭송 : 박영애

제목 : 봄이 오는 소리
시낭송 : 최명자

제목 : 봄날은 간다
시낭송 : 박태임

제목 : 함께 했으면 좋겠습니다
시낭송 : 박영애

제목 : 사랑하는 당신은
시낭송 : 김지원

제목 : 운명의 굴레
시낭송 : 최명자

제목 : 어찌해야 됩니까
시낭송 : 박태임

제목 : 나를 끌어안고
시낭송 : 박영애

제목 : 빈 가슴
시낭송 : 김지원

제목 : 허망
시낭송 : 박태임

시인의 말

삶이란
늘 흔들리면서 산다
영원한 행복도 없고, 영원한 불행도 없듯이
어떻게 사느냐는 자신이 선택하는 것이다
인생이란 길을 가다 보면 소낙비를 만날 때도 있고
눈보라에 휘말려 고통스러울 때도 있다
또 수많은 상처를 안고, 가슴앓이할 때도 있다
기쁨도 행복도 슬픔도 고통도 함께하는 것이 시다
시는 나를 보듬어 줄 수 있는 유일한 안식처가 되어
마음을 다스리고, 안정감을 주는 나의 삶이 되었다
시를 쓰고, 읽다 보면, 나를 충족시키는 윤활유가 되어
힘이 솟고, 자신을 다스리기도 하는 나의 길이었다
나의 미래도 시와 동행하며 인생 2막을
한발 한발 조심스럽게 징검다리를 건너서
행복의 시 섬으로 들어갈 것이다

시인 **이영애**

이영애 시인

대한문학세계 시 부문 등단
대한문인협회 서울지회 정회원
(사)창작문학예술인협의회 회원
화성프라자 대표

〈자격증 취득〉
명강사 1급 지도사
펀 리더십 1급 지도사
웃음운동 1급 지도사
스피치 1급 지도사
이미지 컨설팅 1급
시낭송가 1급

이메일: ae6651@hanmail.net

1부 초롱초롱 이슬 되어

2부 이런, 나를 아시나요

3부 인연

4부 달빛 지는 밤에

1부
초롱초롱 이슬 되어

희망은 푸르고

푸르름 상쾌함이 가슴속 깊이 새겨지고
인고의 세월을 견디고
생명의 기운이 화려한 빛으로

눈부시게 아름다운 계절이
어둡던 마음에 희망을 주고
내 안의 모든 상처 꺼내어
바람결에 날려 보내 버렸네

사람의 마음은 참 간사하기도 해
한순간의 서운함이 실망으로 바뀌며
별의별 생각으로 의심의 꽃들이 피워졌지

푸른 물결의 바다에
섭섭하고 원망스러움을 다 던져 버리고
모든 것 다 잊고 새 생명으로 태어나
아름다운 인생을 소원하며

5월의 꽃처럼 반짝이는 초록 잎처럼
마음속에 환하게 핀 꽃들이
마음을 기쁘게 할 것이라는 믿음으로...

세월은 흐르고

고요함 속에 새소리와
함께 찾아온 아침

가을바람이 주춤주춤
다 떠나지도 않았는데
추위가 먼저 와 창을 두드린다

시간은 흘러 흘러 길을 재촉하고
세월은 저만치 앞서서 떠나가며
얼마나 많은 얼룩을 남겼는가

생각하면 뭐하나
상처받은 날이 셀 수도 없이 많을진대

내 생을 위해서는 사랑을 가슴에 안고
아름다운 행복을 위하여
새 희망의 노래를 부르리

가을의 풀벌레

어스름 달빛을 향해
울어대는 귀뚜리
애달픈 사연은 무엇일까

님 그리며 찌리 찌리 찌리리
애타는 소리가 들리는 밤
스산한 바람이 가슴을 적시네

가을이 깊어지고 찬바람 불어
낙엽이 소리 없이 떠나기 전에
그리운 님 곁에 가야 하는데
밤이 깊어 갈수록 외로움은 쌓여
반짝이는 별을 벗 삼아 말을 했지

우리 사랑은 슬픈 이별이라는 것을…

가을의 추억

이별이 서러워 울고 싶어라
그래도 떠나야만 하기에
바람결에 내 몸을 맡기고 마네

어디로 가야 하나 갈 길을 헤매고
헤매이다 닿는 곳이 나의 길이네

희망은 푸르고 행복한 날도 많았고
비바람 치던 날엔 슬프기도 했었지

사랑받고 사랑했던 모든 날들이
꿈이었던가 아련한 기억 속에 남고
달을 보며 소원을 말했었지

속삭임의 무지갯빛을 달라고
지금은 홀로 되어 한없는 슬픔에
서러운 눈물을 훔치고 있네

너무 어려운 거야

비바람이 휘몰아치는 날엔
몸을 가눌 수가 없어
무엇이 됐든 기대고 싶어.

햇빛이 환하게 비추는 날엔
몸은 새털같이 가벼워져
누군가와 환희의 입맞춤을 하고 싶어.

세상을 산다는 것은 아무도 몰라.
내일이 마지막이 될 수도 있어.

마지막 운명이 다가와도
서러워하지는 말자.

이것이 삶이므로...

행복이란

아무리 마음에 안 들어도
그냥 지나치세요.

어느 누구든 나하고
똑같을 수는 없어요.

억지로 꿰맞추려고 하지 마세요.
각자의 선택으로 사는 거예요.

그것이 나에겐
마음의 평화를 주니깐요.

깊이 생각하지도 마세요.
지금 있는 현실에 충실하다 보면
보람이 뒤따르니깐요.
이것이 행복이랍니다.

희망의 소리

삶이 기쁘다고 영원하지 않고
삶이 슬프다고 영원하지 않고

세상을 묵묵히 살다 보면
이런 일 저런 일 겪어가며 살지만
이것이 인간만이 느끼는 권리 아닌가

숨을 한번 크게 쉬고 앞을 보면
재잘거리는 옹달새들의 합창 소리
꽃들이 속삭이는 아름다운 소리

우주 공간의 장엄한 울림
내 귀에 들리지 않는가.

기쁨과 행복을 엮는 바람의 소리가...

환희

밤새 쏟아지는 빗소리의 리듬에
가을은 깊어가고
창공은 한 폭의 수를 놓네

빠알갛게 물결치는 잎새 사이로
희망을 전하는 새들의 날갯짓이 휙휙거리고

파아랗고 드높은 하늘은 가을을 껴안으며
화려한 축제를 여는구나

이렇게 멋지고 고운 날에는
야실거리는 코스모스를
내 마음에 싣고
아름다운 꽃이 되어 볼까

가을 색을 칠하다

새들의 경쾌한 지저귐이
여명의 새벽을 알리고
연한 그리움이 꽃을 피우며
내 마음의 창을 연다

풀잎에 사뿐히 내려앉은 이슬은
영롱한 옥구슬 되어
또르르 햇빛에 익어가고

새초롬한 솔나무는
꿋꿋한 절개로 나래를 곧게 펴고
푸르름 되어 사계절을 밝힌다

갈바람은 오색 빛으로 물든
잎새 사이를 속절없이 맴돌고
붉게 타오르는 단풍은
사랑의 불꽃이 되었다.

제목 : 가을 색을 칠하다
시낭송 : 박영애
스마트폰으로 QR 코드를 스캔하면
시낭송을 감상할 수 있습니다.

계절 따라 흐르고

갈바람에 누렇게
시든 잎새가 나무에
대롱대롱 매달린 채
서러운 이별에 흐르는
눈물을 삼키고

끝내 지우지 못한
그리움을 남겨둔 채
흔들리는 바람 따라
길을 나서는구나

휑하게 비어버린 가슴
한줄기 햇살에 기대며
애달픈 사랑노래로
이별은 곧 만남이라고...

아픈 가슴 어루만지며
흐르는 세월 속에 담아 놓고
그리울 때면 한아름 꺼내서
행복의 미소를 지을 것이다

붉은 장미

꽃잎마다 애달픈 사연 심어
푸른 잎 날개 삼아 허공을 난다

시린 달빛 사이로 도도하게 빛나는 자태
안타까운 사랑은 서러움으로 밀려와
소리 없는 눈물 쏟아낸다

가슴 한 켠에 꼭 껴안고 있는 아픈 사랑
왜 이렇게 마음을 젖어 들게 하는가
시간이 흐를수록 슬픔이 밀려온다

누구를 기다리는 님 마중인가
가슴 설레이게 했던 소중한 사랑
이토록 오지 않고
타는 가슴은 온통 선혈이 낭자하구나

바람에 곤두세우는 날카로운 가시는
님의 원망인가
슬픔의 눈물인가?

가을의 흔적

그대는 방랑자다
저마다 그리움 안고
잎새마다 귀를 간질이고
그리운 님 생각에 붉어지는 꽃잎

오색찬란한 길 떠나는 방랑자
수많은 아름다운 추억이 들어있는 배낭 속
그윽한 미소로 흔적을 더듬어본다

어느 순간 찬바람 시리고 아프다
이내 가슴은 온통 연분홍 설레임
바람아 하늬바람아 많이많이 불어다오
어서 빨리 님 곁으로 달려가리

봄이 오는 소리

아! 당신은 열병을 앓았나 보다
온몸이 불덩이처럼 달아오른다.

시원한 초원 스물 스물 걸어가면
산언덕 넘으며 숨바꼭질 하는 소녀처럼
때아닌 심술 부려도 본다

복잡한 도로 위 일렁이며
차창으로 스치는
선웃음으로 인사한다.

어느 봄날 당신만이 누릴 수 있는 선물
지나가는 먹구름 훔쳐보는 오후
저 멀리서 빗소리 들려온다.

이제는 떠나야 한다
서서히 작아지는 시린 가슴 움켜쥐고
내가 가야 할 길 서두른다.

제목 : 봄이 오는 소리
시낭송 : 최명자
스마트폰으로 QR 코드를 스캔하면
시낭송을 감상할 수 있습니다.

구름

지상의 이슬을 머금고 우리는 만났다
나와 한 몸이 된 너는 많은 사연 싣고
우리는 어디를 향해서 가는가
너의 끝은 어디까지인가
너만 보면 내 가슴이 아려온다
구름 따라 방랑자가 된다
끝없이 방황하며 가는 길 답답하고
미치도록 아프다
아무 말 없는 너는
허공을 헤매이며 하나가 되어 만난다
흩어지면 또다시 뭉친다
어느덧 시커멓게 타 버려 잿빛이 되고
지난날 서러움 비구름으로 몰려와 타 버린 내 가슴
한바탕 울음 쏟아낸다
산산이 부서져야 다시 사는 너
때로는 환희의 기쁨이다.

제목 : 구름
시낭송 : 박순애
스마트폰으로 QR 코드를 스캔하면
시낭송을 감상할 수 있습니다.

그대 이름은 벚꽃

몽우리 툭 툭 터지고
미소를 지으며 손을 흔드는
그대 이름은 벚꽃

연분홍 치마 휘날리는 바람 놀이에
햇빛을 가린 흰 구름도
멈칫거리며 웃는구나

누구를 기다리는 님 마중인가
설레이는 가슴은 콩닥콩닥 널을 뛰며
하늘을 날아오르는구나

열매조차 맺지 못하고
정처 없이 떠나야 하는 가련한 슬픔에
화려한 꽃비를 내려
고운 자태를 불태우는구나!

봄날은 간다

서둘러 떠나려는 봄
나풀거리며 춤을 추는
초록 잎들이 강물 속에 퐁당 빠진다.

찬 서리 얼음을 깨고 나타나
초록 물결은 지천을 만들어
찬란한 업적을 세웠지

시리다고 울던 꽃 몽우리를
따뜻한 품으로 안아주고
사랑으로 꽃을 피우기도 했지

설레임을 주던 님은 가슴에서
널을 뛰기도 했지

어느새
뜨거운 여름이 쫓아 왔구나
한없이 늘어지는 노곤함을 줄지라도
슬픈 이들에게 기쁨을 주지 않았는가

봄이여
너무 앞서가려고 하지 마라
말갛게 뜬 달이 산들바람을 보내는구나

이슬을 맞으며 마음을 추슬러
좀 더 곁에 머물며 마음을 달래 주렴
그리운 님이 올 때까지.

제목 : 봄날은 간다
시낭송 : 박태임
스마트폰으로 QR 코드를 스캔하면
시낭송을 감상할 수 있습니다.

마음의 꽃으로

푸르름으로 가득한 상쾌함이
가슴속 깊이 새겨지고

인고의 세월을 견디고
생명의 기운이 화려한 빛으로

눈부시게 아름다운 계절이
어둡던 마음에 희망을 주네

내 안의 모든 상처 꺼내어
바람결에 날려 보내 버리자

한순간의 서운함이
실망으로 바뀌며 별의별 생각으로
의심의 꽃들이 피워졌었지

5월의 꽃처럼 반짝이는 초록 잎처럼
가슴에 아름다운 꽃을 피우고
환하게 핀 꽃들이

어두웠던 마음에
맑고 밝은 행복을 담아 주리라

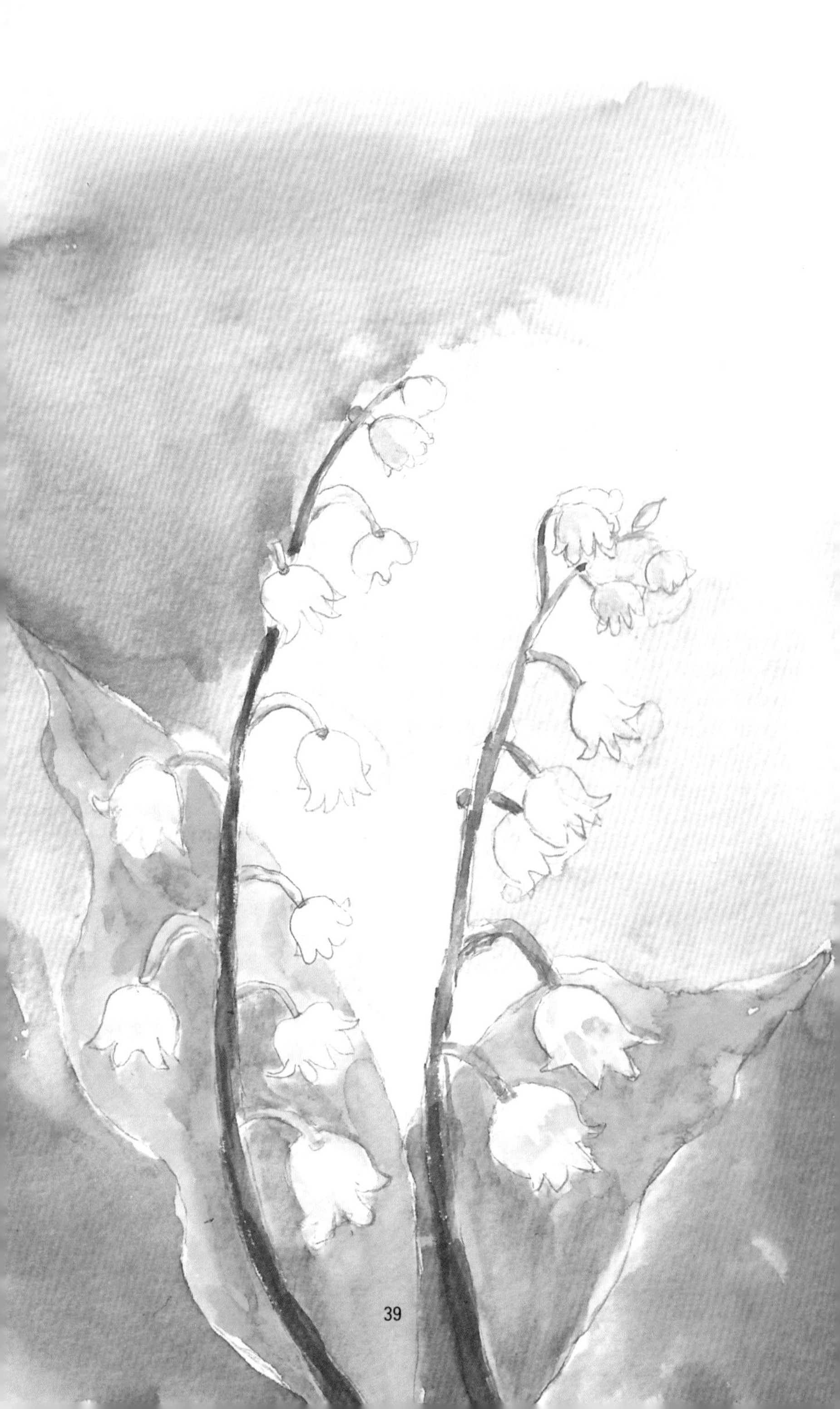

아픔의 계절

채색된 고엽이 한 잎 두 잎
속절없이 떨어진다

정녕! 떠나야 하는가
바람 따라 내려온 이곳은 어디인가

메마른 가슴 위에 찬비가 내린다
이별이 서러운 건 다시 만날 수 없는
슬픔이기에...

떠나는 발걸음이 이토록 무거운지
이제야 알겠네

그래도 떠나야 한다
미련일랑 남기지 말고...

가을의 결실

눈꽃들이
하얗게 하얗게 피워 올라
아름다운 향기가 퍼진다

갈바람은 산천을 휘어감아
요리조리 맴돌며
고운 색깔의 옷을 입힌다

하얀 들꽃이 핀 벌판에는
잠자리 떼들 촉을 세우고
꼬리를 살랑대며 사랑을 구애한다

들녘엔 누렇게 누렇게
사랑을 잔뜩 머금은 벼들이
수줍음에 고개를 숙인다

삶의 깊이

빗소리가 창을 두드리며
살며시 파고들어 잔잔한 선율로
추억의 종이 속절없이 울립니다

창에 흘러내리는 빗물은
가슴 촉촉이 젖어 들고
출렁이는 물결 속에
떠내려간 생이 하나씩 보입니다

지나온 많은 생각들이 순식간에 몰려와
산산이 흩어지며 부서지고
하얀 어둠 속에 흔적만이 남습니다

이 안타까운 마음은 나이가 들어갈수록
가슴은 아릿하고 후회와 아쉬움뿐입니다

어떤 삶이
가슴 깊이 새겨질 수 있는가
수많은 생각을 해 보지만
미래의 생마저 흐느적거리며
빗속을 걸어갑니다

여름은 떠나고

뜨거운 햇살은 연한 잎새를 품어
진초록 잎으로 여물게 하고
푸른 물결로 나래를 치네

잰걸음으로 처서가 온 날
북편에서 갈바람 불어오니
쪽빛 하늘엔 흰 구름이 몰려다니며
고운 수채화를 그리네

새초롬한 맑은 밤이 오면
별빛 쏟아져 내리고
풀잎은 영롱한 이슬을 머금고
찬란한 희망을 노래하네

경쾌하게 지저귀는 새소리는
어스름 여명을 깨우며
창가에 앉아 서성이네

밝아 오는 햇살의 미소가
그늘진 곳을 비추며
행복을 한 아름 건네주며
사랑을 안겨 주네

아침을 열며

어슴푸레한 빛이 창가에 어리면
지저귀는 새들의 밀당이
아침을 깨운다

실바람이 경쾌한 휘파람을 부르면
나무들 기지개 켜는 소리가
햇살을 품는다

청초롬한 잎새는
별빛 사랑에 촉촉이 젖어
방울방울 옥구슬 되어
그리움을 안는다

말갛게 푸른 하늘을
유영하는 은빛 구름이
다정하게 속삭이며
반가운 님 소식 전한다

봄이 가는 소리

대지는 메마르고 꽁꽁 언 땅
가슴에
따뜻한 바람을 안고 다니며
새싹들을 깨우고
꽃몽우리를 터트려 지천을 물들였다

흥겨운 새소리는 기쁨의 눈물이었다
봄은
뜨거운 햇살을 피해
짙어져 가는 초록 그늘에 숨는다

이제는 떠나야 할 시간 앞에
긴 한숨소리 흩어진다

이별은 서럽다
못내 아쉬운 마음 어이하랴

그리울 때면
살짝살짝 꺼내 볼 수 있도록
가슴에 하얀 이팝꽃을 한아름 껴안는다

바람에 흔들리면서

살아 있는 동안 우리는 늘 흔들리면서
오늘을 보낸다
흔들림을 모른다면 세상은 무의미의 축제일 뿐
흔들리면서 삶의 지혜를 얻고,
흔들리면서 사랑도 깊어지더라
비에 젖지 않으면 남의 고통도 알 수 없나니
바람은 흔들기 위해 불어오는 것이므로
그냥 바람 불어오는 데로 흔들리다 보면
불행 끝에는 행복이 있고, 슬픔 끝에는 기쁨이 있나니
산다는 것은 모두의 흔들림으로 시작하는 것이리

봄바람 불어

살며시 다가와
포근히 감싸 주는 봄이

그대의 따뜻함이 있어
길섶에 핀 민들레가
하늘을 품는다

두둥실 떠 가는 구름이
님 소식 전한다

산들거리는 봄바람에
고운 꽃과 어린 새싹들은
긴 잠에서 깨어 기지개를 켠다

생동의 계절이여!
그대가 있어 아지랑이는
하늘거리는 몸짓으로

오색 무지개 꿈을 안고
언덕 넘어 희망을 실어 온다

가을은 가고

쪽빛 하늘이 가을에 취해
햇빛이 사위어 가면
북풍이 찾아 들고
빗살은 노을에 깃든다

산천을 물들인 홍엽, 황엽들은
이별의 선율이 흐를 때
차가운 바람과 동고동락하며
다른 길을 향해 떠난다

벌거벗고 스산한 산천을 향해
햇빛은 달려가고
어둠을 지나는 찬바람에
깊어가는 노을이 눈물을 쏟는다

가을이 가고 나면
빛바랜 사연 하나 집어 들고
우수에 젖은 눈은 눈물이 툭 떨어지며
가을의 그리움을 안는다

2부
이런, 나를 아시나요

그리움

무엇을 어떻게 잃어버린 것일까
무엇이 서로를 흔들리게 만들었나

나는 그 자리에 그대로 앉아 있는데
어쩌다 슬픈 인형이 되어 울음을 삼킬까

오지 않는 연락을 기다리며 한숨짓고
가슴속은 흐르는 눈물로 젖어 버렸네

나날이 그리움만 가득히 쌓여 가는데
낙엽 한 잎이 날아와 살며시 안아 주네

스쳐 가는 바람에게 사연을 띄워 보낼까
그대를 많이 사랑한다고.

제목 : 그리움
시낭송 : 김지원
스마트폰으로 QR 코드를 스캔하면
시낭송을 감상할 수 있습니다.

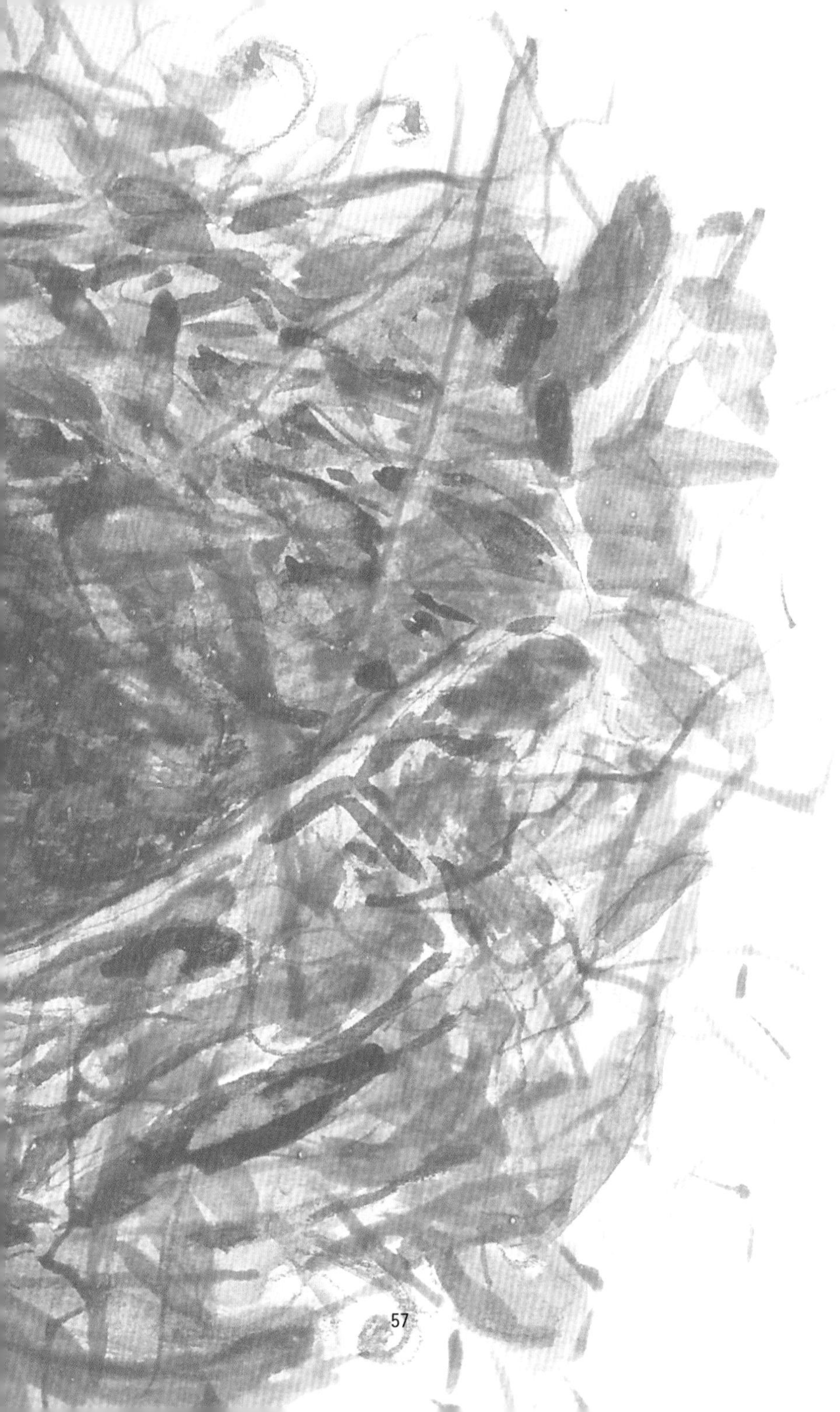

두 마음

밝고 맑은 하늘 아래의 운명
희망의 꽃으로 만난 사람

피어나는 예쁜 사랑이 되어
더욱 깊이 사랑하게 하소서

어둠 속에 어떤 시련이 와도
헤쳐 나갈 강한 힘을 주소서

두 마음을 서로의 가슴에 담아
빛나는 별 같은 사랑을 주소서

푸른 나무처럼 늘 푸른 마음으로
같은 자리에서 사랑하게 하소서

내 마음엔 당신으로 가득 하고
당신도 나로 가득하게 하소서

사랑이란

하늘엔 새까만 먹구름이 가득하고
찬바람 불어와 찬비가 내리는 날
그대의 따스함이 나를 감싸주고
그대의 포근함이 나를 안아주네

어제의 아픔이 오늘의 기쁨이 되었고
어제의 고통이 오늘의 행복이 되었네

가시 달린 장미 속에서도
붉은 정열이 우리 사랑을 지킬 수 있었고
차가운 바람이 몰아친 날이 있어도
따스한 봄날이 되어 언 가슴을 녹였네

서로를 챙겨주고 보듬어주는
따스함이 있었기에
내 마음은 밝은 햇살 되어
그대를 기다렸네

그대는 내 가슴속에서
사랑비가 되어 내리고
거짓 없는 서로의 진솔함이
우리 사랑이 되었네

사랑의 이정표

사랑의 길 위에서
갑자기 내린 소나기로
갈 수도, 안 갈 수도 없어
그 자리에 섰네

돌아가자니 너무 많은 길을 걸어와 버리고
계속 가려니 앞이 보이지 않아
서러워서 울었네

그대라는 이정표를 더듬거리며
길을 걸었네
그대여 왜 그렇게 멀리
안개 속에 서 있는지

내 손을 잡아주오
길을 갈 수 있도록
그 따뜻한 손길로
험난한 길이 있어도
서로 의지하고 걸을 수 있도록

우리는 이미 같은 길을 향해
걸어가고 있다는 것을
서로 믿고 변치 않는 마음으로...

그대는 나의 꿈

바람결에 속삭이는
새들의 경쾌한 지저귐으로
마음을 열고 하늘에 두둥실 흘러가는
구름이 멋진 날

그대는 나의 소중한 사람입니다.
나의 꿈을 꿀 수 있도록
그대의 생명 안에서
숨을 쉬고 싶습니다

영혼의 길을 밝혀 주는
빛이 되기를 바랍니다
고요한 호수처럼
평안해지기를 바랍니다

그동안 서운했던 마음 다 잊어버리고
사랑에 물든 붉은 장밋빛으로
희망을 노래합니다.

함께 했으면 좋겠습니다

길가에 묵묵히 서 있는
나무들을 봅니다
당신도 늘 그 자리에
함께 했으면 좋겠습니다.

서로의 슬픔을 공유하고
서로의 기쁨을 공유하고
서로의 마음이 닿아서
함께 했으면 좋겠습니다.

서로 텅 빈 가슴을 메우며
서로 외롭지 않게 하며
서로 눈물 흘리지 않게
함께 했으면 좋겠습니다.

세월의 향기 속에 묻혀서
시간이 흘러가는 대로
예쁜 미소를 닮은 옷을 입게
함께 했으면 좋겠습니다.

세상 아랑곳하지 않고
서로 기댄 채 한마음으로
힘이 들고 지칠 때가 있어도
세상이 끝나는 그 날까지
함께 했으면 좋겠습니다.

제목 : 함께 했으면 좋겠습니다
시낭송 : 박영애
스마트폰으로 QR 코드를 스캔하면
시낭송을 감상할 수 있습니다.

그리움은 바람 되어

속삭임이 싱그러운 바람결이
설레임을 잔뜩 실어오네

길가에 핀 코스모스는
하늘하늘 춤을 추며 반기고

강물은 너울너울 춤을 추며
흥겨운 노래를 부르고 있네

내 안에는 그리움으로 뭉글뭉글
사랑의 꽃이 되어 피어나네

가만히 눈을 감고 그려보는
그대의 얼굴이 보고프고 그리워

하늘거리는 코스모스길을 따라
한없는 행복이 다가오고 있네

그리움을 안고

찬 서리 내리고 시린 바람 부는데
붉게 핀 장미 한 송이
찬 서리 바람결에 어찌할 줄 모르네

붉은 향기 품어 그리움 전했건만
아직도 내 님은 오시지 않고
눈보라 몰아칠 날 머지않았는데
꽁꽁 얼어버린 이 내 마음
내 님은 아시려나...

이제는 떠나야 할 시간 앞에
시린 가슴 움켜쥐고
이별의 눈물이 흐르는구나

끝내
지우지 못한 내 님을 향한
그리움들을 어찌할거나

가을 사랑

그리움에 붉게 타오르던
사랑의 불꽃을 안고
나,
그대에게 가리라

노오란 은행잎도 사랑을 안고
님 찾아 길을 나서고

푸르른 설렘이 그리움이 되어
갈바람 타고 붉고 노오랗게
가슴을 물들였네

갈바람에 마음의 날개를 달아
애달픈 마음을 곱게 접어
님에게 편지를 쓸까

밤새워 별빛을 껴안고 흘린 눈물이
영롱한 아침이슬이 되어
햇빛을 향해 사랑 고백을 전하는구나

사랑의 길

어느 날인가요
내 가슴에
사뿐히 앉은 당신입니다

난,
설레이는 가슴을 안고
당신을 사랑했습니다

어느 날인가요
가슴속엔 알 수 없는
눈비가 내립니다

곤빈한 영혼은 시린 가슴이 되어
당신을 그리워합니다

난,
삭풍에 벌거벗겨진 채 서 있는
쓸쓸한 은행나무입니다

차디찬 바람에 시린 마음이 되어
따뜻한 당신을 기다립니다

내 마음 깊은 곳에서
그리움이 알알이 여물어 가는
그리운 당신입니다

세월이 흐를수록
회색빛으로 물드는 아픔 속에서도
아련한 당신입니다

그 길은...
그 길은..

장밋빛 사랑으로

선홍빛의 향기로 설레임을 주는 장미가
가슴을 빨갛게 물들이며 다가옵니다

누구를 사랑하며
보고 싶고 그리워하는 것은
한없는 기쁨과 행복을 안겨 줍니다

우리의 인연의 끈은 가슴으로 이어지며
영혼 속에 살아 움직입니다

우리의 이름을
붉은 장미에 새겨 놓고 다짐하는
아름다운 사랑이기를 바랍니다

가슴앓이 사랑보다는 편안한
여유가 묻어나는 사랑을
나눌 줄 아는 참사랑이기를 바랍니다

어느 날은
폭풍우에 휩쓸려 흔들릴 때도 있고
어느 날은
미움이 증오로 바뀔 수도 있고

어느 날은
서로가 원망으로 다가올 때도 있습니다
우리 마음에 사랑의 정원을 만들어
기쁠 때나 슬플 때나 나무를 심어
사랑의 꽃을 피우기를 바랍니다

은은하고 고운 향기를 피워
힘이 들 때는 힘이 되어 주고
기쁨과 희망이 샘솟는
영원으로 이어지기를 바랍니다

우리의 이름을 붉은 장미에
새겨 놓고 다짐하는
아름다운 사랑이기를 바랍니다

가슴앓이 사랑보다는 편안한
여유가 묻어나는 사랑을
나눌 줄 아는 참사랑이기를 바랍니다

사랑의 향기

짙어가는 초록빛 물살 위로
살포시 내려앉은 그대
내 영혼의 사랑나비 된다오

어둠 속 흐르는 달빛
밀창을 두드리며 간절하고
그리운 꿈 실어다 준다오

외로움 묻어나는 빈 가슴
그리움 몽글몽글 피어오르고
보고 싶은 이내 마음 허공을 날아가네

아주 가끔씩 바람에 흔들리며
닫힌 마음 헤집고 저울질할 때마다
내 사랑 깊어지는 아픔이라오

꽃의 향기는 세상의 기쁨이고
그대의 향기는 시름 잊는
삶의 행복이라오

고난 속에서 솟아난 애틋한 사랑
장대비 쏟아져 온몸을 적시더라도
붉은 태양 빛 그대를 지켜 주리오

제목 : 사랑의 향기
시낭송 : 박순애
스마트폰으로 QR 코드를 스캔하면
시낭송을 감상할 수 있습니다.

그대는 별

내가 쓸쓸하고 외로울 때
그대의 따뜻한 말 한마디가
위로가 되어 줍니다

내가 지치고 힘이 들 때
그대의 부드러운 눈빛에
희망이 샘솟아 용기가 납니다

내가 아프고 서러울 때
그대 생각을 하노라면
찬란한 별빛이 흐릅니다

그대여
슬프고 쓰라린 기억일랑
바람결에 다 날려 버리고

은은하게 물든 노을과 함께
오색 무지개 기쁨을 담아
아름다운 행복을 그리고

그대는 나의 별이 되고
나는 그대의 별이 되어
인생길을 비춰 주는 빛이길 원합니다

구름 같은 사랑

내가 널 사랑한 건
외로움 때문일 거야

이미 떠난 사랑은
얼룩진 상처만 남기고

잊혀져가는 사랑으로
텅 빈 가슴 점점 비워지고

서러움 머금은 쓸쓸한 사랑은
이제 이별 앞에 서 있다

보이지 않는 벽 앞에서
사위어가는 숙명
끝내 돌아서서 떠나보낸다

이제는 잊어야 해
흐르는 강물 속에 던져 버리고
얼룩진 흐름 속으로 묻으리라

물든 사랑

붉은 단풍이 물들어 가고
님을 향한 마음은
사랑의 수채화를 그리네

가슴을 붉게
타오르는 황홀함은
가을의 불꽃이어라

발갛게 물든 가슴
오색 무지갯빛을
님의 따뜻함으로 껴안네

북풍한설이 찾아와도
우리들 가슴엔
언제나 따뜻함이 있어
모든 것을 참아 낼 수 있다네

그리움이 되어

쓸쓸한 바람이 창가에 어슬렁거리며
사정없이 가슴을 파고듭니다

소리 없이 당신이 떠나던 날도
휭하니 찬바람이 불었습니다

푸른 잎마다 슬픈 사연 심어
서러운 색깔로 물들여지고
알록달록 눈물이 고였습니다.

당신의 그리움이
알알이 맺히고 붉은 선혈 되어
애달픔으로 가슴을 빨갛게 적십니다

낙엽이 황량한 바람 따라가 버리면
진한 고독은 메아리가 되어
외로운 가슴을 꺽꺽 울릴 겁니다

님 사랑

새들의 경쾌한 지저귐으로 마음을 열고
하늘에 두둥실 흘러가는
흰 구름이 좋은 날입니다

그대는 나의 소중한 사람입니다.
항상 내 곁에서 나의 꿈을 꿀 수 있도록
그대의 생명 안에서 숨을 쉬고 싶습니다

내 안을 환하게 비춰주는 영혼이 되길 바랍니다
붉은 노을 속에서 고운 빛이 되기를 바랍니다

잔잔한 호수처럼 평온하기를 바랍니다
빨갛게 물든 장미를 손에 들고
사랑을 노래합니다.

사랑의 이해

침묵하고 있다고
사랑하지 않는 것은 아니다

가슴속에 핀 진실한 사랑은
상처를 받아 가슴이 아려도
슬픔을 안고 인내하며 기다린다

나의 욕심으로 이런 일이 생겼을까
그대의 욕심으로 이런 일이 생겼을까
어디서부터 일이 잘못되어 버렸을까

얼룩진 아픔을 바람결에 실어 놓고
가냘프게 흔들리는 그리움의 시간들

안개 속에 헤매는 나의 사랑을
하늬바람아 불어 다오
그대에게 갈 수 있도록...

사랑은 익어 가고

가을 햇살에
사르르 녹아내린 마음
달콤한 향기 되어
실루엣으로 다가오는 당신입니다

가을 햇살에
몽실몽실 사랑 열매 영글어
가지마다 행복이 주렁주렁 열렸습니다

갈바람을 안아
오색빛깔 융단 곱게 깔아 놓고
사랑의 세레나데를 부릅니다

사랑을 머금은 햇살은
아름다운 노을과 함께 홍조를 띠며
그리움을 쫓아 어둠 속에 듭니다

밤하늘의 달빛별빛도 은구슬 반짝이며
그리움을 듬뿍 담아
사랑을 가슴에 안겨줍니다

그대 오던 날

상큼한 바람이 주변을 맴돌며
가슴에 살랑살랑 불어오고

파아란 하늘에 한가로이
흘러가는 솜털구름이
손을 흔들며 반긴다

사랑하는 이여
한없이 그대를 그리워하며
기다릴 적에는

그리움에 지쳐 미워도 했었고
슬픔에 지쳐 눈물도 흘렸었다

마음의 노래

당신에게 말하지 못하는
슬픔이 있지요

바람에 흔들리는
코스모스가 말없이
마음을 위로한다오

당신을 안고 울 수 있다면
마음이 가벼워질 텐데

밀려왔다 밀려가는
저 파도 소리의 울부짖음이
나를 슬프게 한다오

기쁨은 언제 올런지
낯설기만 하고

그건 당신 탓도 아니고
나 혼자만의 고독이기에
쓸쓸한 바람만이 안다오

함께 가는 길

별빛을 가슴에 안고
당신에게 갑니다

어두움이 몰아세우고
천둥 번개가 쳐
조각난 그리움을 주워 들고

사랑의 길을 가면서
몇 번을 넘어지고 일어서며
온몸이 만신창이가 되어도

믿음 하나에
쥐어짜고 비틀린 마음을
간신히 붙들고 당신에게 갑니다

가슴이 아리고 쓰라린
고통이 괴롭힐지라도
달 안에 사랑을 가득 담아
당신과 가는 길을 환히 비추겠습니다.

바 램

당신에게 보내는 나의 메시지는
허공을 향해 울리는 메아리에 불과하고

저 멀리 흔들리는 불빛같이
나의 바램이 전달되기에는
사랑의 공간이 너무 멀어
산산이 부서지고 흩어져 버렸다

당신에 대한 믿음도
절망스러운 어둠 속으로 침몰해 버리고
가슴속에 마지막 남은 미련을 꺼내
강물에 띄운다

당신에 대한 막연한 기대감은
나의 바보스러움에 희극배우가 되고
무대의 막은 내려졌다

그대를 생각하면

그대를 생각하면
은은하게 퍼져오는 향기가
가슴을 가득 메웁니다

침묵은 무겁게 짓누르지만
촉촉이 젖은 그리움은
내 안의 맑은 이슬입니다

시간이 흐르고
세월이 흐른다 해도
한없는 아쉬움은 그대로입니다

스쳐 가는 바람이 아니었기에
한 움큼의 그리움을 가슴에 안고
붉게 물드는 노을 속에 잠깁니다

차가운 바람이 몰아치더라도
꽁꽁 언 가슴을 녹일 수 있는
따뜻한 모닥불을 피우렵니다

사랑하는 당신은

사랑하는 당신은
황금빛으로 물든 노을을 담아
은은함으로 물결치는
넓은 호수이었음 좋겠어

사랑하는 당신은
밤하늘이 별을 품어
반짝이는 빛을 내듯이
마음속에 별을 품었으면 좋겠어

사랑하는 당신은
외롭게 하는 시린 바람이 아니고
새싹을 돋게 하는
따뜻한 봄바람이었으면 좋겠어

사랑하는 당신은
내가 기쁠 때나 슬플 때나
곁에서 지켜보고 먼저 손을 내미는
넉넉한 품이었음 좋겠어

사랑하는 당신은
스쳐 가는 인연이 아니라
감정이 늘 왔다 갔다 해도
묵묵히 지켜보는
마지막 사랑이었으면 좋겠어.

제목 : 사랑하는 당신은
시낭송 : 김지원
스마트폰으로 QR 코드를 스캔하면
시낭송을 감상할 수 있습니다.

햇살 담은 그대

어두움을 밝히며
부드러운 미소를 짓는
햇살이 창가에 어립니다

그대의 내음은 향기로 다가와
아름다운 행복을 안겨 줍니다.

까만 어둠이 찾아와도
그대가 있어 희망을 꿈꿀 수 있어
밤하늘의 별을 헤입니다

봄이 아름다운 것도 당신이고
여름이 열정적인 것도 당신이고

가을이 오색찬란한 것도 당신이고
겨울의 시린 추위를 이길 수 있는 것도 당신이기에...

오늘도 당신 안에서 그리움을
가슴에 담습니다

이런 나를 아시나요

겨우내 매서운 칼바람이 할퀴고
상처투성이를 만들어도
화려한 봄꽃이 피어나듯이
아픔과 고통이 따를지라도
그대를 사랑하겠습니다

장미꽃잎에 내린 여름비도
땅에 떨어져 촉촉이 젖어들듯이
촉촉이 젖어 오는 가슴에
그리움이 선율을 타고 내려옵니다

그대의 향기는 내 안의 기쁨이고
그윽한 행복입니다

내 영혼이 당신에게로 날아가
내가 쉴 넉넉한 품이었으면 좋겠습니다

당신, 이런 나를 아시나요?

제목 :이런 나를 아시나요
시낭송 : 박영애
스마트폰으로 QR 코드를 스캔하면
시낭송을 감상할 수 있습니다.

3부
인연

숙 명

새까만 먹구름 밀려오네
파란 하늘 지배하고
분노에 치밀어 오르는 영토
울컥 삼켜 버린다

아! 어찌할꺼나
그 누가 내 마음 알아줄까
흩어져 버린 영혼의 상처
가슴 깊이 머물며 시린 눈물로 흐른다

올가미에 가두어 버린 깜깜한 어둠 속
쓸쓸함으로 남아
고통의 일그러진 상처를 준다

내가 살아가는 동안
소롯히 밝아 오는 아침을 맞으리
은구슬처럼 해맑은 물빛으로
먹먹한 이 내 심사 쓸쓸하여라

꽃처럼 단아한 그대 모습
어스름 달빛 벗을 삼아
옛사랑의 세레나데 부르리라

운명의 굴레

이제는 홀가분하다
이제는 홀가분하다
무거운 어깨 짓눌려
숨조차 크게 쉬지 못하고
마음 해이해지지 말자
아픈 가슴 잊어야 해
얼마나 더 아파야
헤어 나올 수 있을까

괜스리 시샘하고 미워해야만 했던
그 사람들에게 이제는 참회하자
모두가 똑같은 마음
가면을 벗고 강물에 띄우자
너무나 외로워서 그랬을 거야
너무나 슬퍼서 그랬어

보호받지 못한 운명의 굴레
이렇게 비참하게 무너지는 것은
아마도 살기 위함일 거야
어차피 인생은 영원하지 않기 때문
만남과 이별은 늘 뒤따르는 것
억울하다고 슬퍼하지 말자
그것은 게임이니까

새로운 마음으로 출발하는 거야
하고 싶은 일도 해 보는 거야
열심히 살다 보면 기쁜 날도
분명히 찾아올 테니까
서로 미워하지 말자
미움은 고통이니까
마음 다스려 여유 갖자
먼 후일 행복도 찾아오리라

제목 : 운명의 굴레
시낭송 : 최명자
스마트폰으로 QR 코드를 스캔하면
시낭송을 감상할 수 있습니다.

아픈 마음

내가 마음이 아픈 건
당신이 미워서가 아닙니다

내가 가슴이 시리고 시린 건
당신이 차가워서가 아닙니다

내가 슬픈 것은 앞이 보이지 않는
어둠 속에서 당신을
볼 수 없을 때입니다

내가 공허한 것은
텅 비어 버린 가슴에
쓸쓸한 바람 일렁일 적에
당신이
그리워질 때입니다

내가 아쉬운 것은
흘러가 버린 당신의 사랑이
애달픔을 주기 때문입니다

이별

푸르른 설렘이 희망을 부르고
푸르른 희망은
고운 꽃들로 피었지

어느 날 갈바람 찾아와
오색찬란함의 축제가 열렸었지

화려한 축제는
헤어짐을 알리는 이별 잔치라는 것을...

갈잎 된 이파리는 하나둘
소리 없이 내려와
황량한 바람을 따라
갈 길을 떠나 버리고

홀로 남은 나목은 차가운 북풍에
휘날리는 눈보라가 서러워
눈물을 흘리네

살아 있다는 것은
모두의 만남과 이별
서러워하지 말자

이별은 시간 속에 묻혀
추억의 한 페이지로 남을 것이므로...

동행

불타는 태양은 목마름을 주고
그대 생각에
가슴은 불타오른다

그대와 나
보고픔과 그리움이
바람 따라 뭉게구름 되어
두둥실 날아오르고

그대와 나
고통이 따를지라도
서로를 헤치며
가슴 아프게 하지 말고

정으로 아롱다롱 맺힌
사랑이 모여
청정한 호수가 되어
넉넉한 품으로 안으리

따뜻한 마음은
서로를 감싸주어
험난한 길에 들더라도
함께 할 것이므로...

우리 다 함께

우리 희망을 가져요
오색 빛 찬란한 계절에
곱고 황홀함을 느낄 수 있다는 것을

우리 자신감을 가져요
마음 가는 데로
산과 계곡을 넘을 수 있다는 것을

우리 용기를 가져요
서로의 끈을 놓치지 않도록
아름다운 사랑을 할 수 있다는 것을

우리 생각을 해 봐요
서로 살아간다는 것은
소중함과 믿음이 함께 한다는 것을

인연

당신은 나에게 삶을 알게 해준
고마운 사람입니다

어느 날은 당신 때문에
많이 아프기도 했고
어느 날은 당신 때문에
많이 슬프기도 했지만
아픔도 슬픔도
사랑이라는 걸 알았습니다

당신은 나에게 너무도
많은 걸 가르쳐 주었습니다
이제는 알 것 같습니다

나, 당신으로 인해
아직도 아프고 슬프지만
이 고통이 언제쯤 끝날지 알 수 없지만
지금도 당신을 사랑하고 있습니다

당신을 사랑할 수 있어서
너무 행복합니다
당신을 그리워할 수 있어서
너무 행복합니다

우리

밤하늘에 빛나는 별들 중에서도
우리의 별이 있지
슬픔이 와도
서러움을 걷어 줄 거야

찌는 더위 속에서
피어나는 끈질긴 꽃이
우리를 보고 있지
우리의 텅 빈 가슴을 위로할 거야

어느 날 갑자기 고통이 찾아 들어도
우리는 함께하는 힘이 있기에
새로운 용기를 얻을 수 있지

서로의 꿈을 꿀 수 있게
희망의 빛이 되어
줄 수 있을 거야

마음속에 흐르는 사랑이
화려한 꽃 속에 가려진 야생화처럼
바람에 흔들려도
환한 웃음을 지을 수 있도록...

침묵

침묵을 하고 있다고
사랑하지 않는 것은 아니다

가슴속에 핀 진실한 사랑은
상처를 받아 가슴이 아려도
슬픔을 안고 인내하며 기다린다

나의 욕심으로 이런 일이 생겼을까
그대의 욕심으로 이런 일이 생겼을까
어디서부터 잘못되었을까

봄의 진한 향기를 따라
그대와 동행을 하면서
행복의 꽃 가슴에 담고 싶어라

떠나야 하기에

끝없이 행복할 것만 같았던
인연이었다

어느 날인가부터
스멀스멀 이별이 조금씩 찾아 들고
뜨거웠던 가슴에 찬바람이 일렁인다

헤어짐은 고통의 늪
벗어날 수 없는 슬픔
먼 길을 돌고 돌아
사랑의 끈을 놓는다

정을 떼어 놓고 떠나야 하는 마음은
아픈 상처로 얼룩지고
보고 싶음은 허공에 묻고
그리움은 마음에 묻어
흐르는 세월 따라가리

세월이 주는 아픔

매일매일 내 가슴을 지배하는 사랑이
어느 날부터 보이지 않는다

파란 하늘도 알고 넓은 땅도 알지만
다가갈 수 없는 가시넝쿨 속에
갇혀 버린 사랑은

휘몰아치는 태풍과 비바람에
부서져 사랑의 잔해들만이
가슴에 들어와 슬픔을 안겨 준다

쓰라린 추억은
스멀거리는 얼룩진 상처로 남아
가슴 깊은 곳에 쑤셔 넣는다

세월의 흐름이 가져다준
아픔이 아롱다롱 맺혀서
딱딱해진 껍질만이
겹겹이 쌓여만 가는구나

잃어버린 사랑

아픈 마음을
사정없이 두드린다

겹겹이 쌓였던
정은 어디로 가고
빈 가슴 되어 홀로 서 있다

그대의 환한 미소
그대의 은은한 눈빛
그대의 따뜻한 말은
어디로 떠나갔는지

갈바람에 휘어 감긴
잎새들의 흔들림은
아픈 선혈 되어
빨갛게 물이 들어가고

시린 달빛마저 흐느끼고
커져가는 그리움에
밤하늘의 은하수에게
내 마음을 전해 본다

언제인가는

가슴에 이는 슬픈 사랑아 울지마라
한없이 슬프다 해도
언제인가는 잊혀지기에
기다림으로 안아라

가슴에 부는 찬바람아
마음껏 불어라
언제인가는 사라지기에
이별로 안아라

가슴을 헤집는 아픈 사랑아
쓰라린 상처로 얼룩지더라도
영원하지 않은 것이기에
그리움으로 안아라

한 세상 산다는 것은
기나긴 꿈속에서
희로애락과 함께하기에
동행으로 안아라

삶이란
홀로 와서 홀로 가는 것
언제인가는 떠나야 하기에
아쉬움으로 안아라

보고파지면

널 향해 날아오르는
그리움 한자락이
가슴을 파고드네

어둡던 마음에
별빛 부서져 내리며
너와 함께 뒤섞여
아픔 되어 나를 울리네

아무리 발버둥을 쳐 봐도
너에게서 벗어날 수 없는
내가 미워 달아나고 싶네

피멍울 진 가슴을
지우려고 닦고 또 닦지만
아픔은 더 뿌옇게 서리네

햇빛도 바람도 숨을 죽인
고요한 강물 위에
아롱아롱 맺힌
슬픈 눈물이 뚝뚝 떨어지네

미련은 남고

가을비 소리가
아련한 추억을 실어온다

창가에 흘러내리는
비 울림이 슬픔을 안기고
가슴에 울리는 처량한 신음 소리가
아픔을 세우며 찌른다

낙엽 지는 가냘픈 소리가
빗소리와 아우러져 애처로운
이별의 외침이어라

애달픔의 외침은 그대 생각으로
가슴은 아려 오고 시린 추억이
가슴을 파고드는구나

쓸쓸하기만 한 가을 고독은
지나온 세월이 하나둘 문을 열며
삶의 여정을 곱씹는구나!

먼 훗날에

지나가는 바람이
내 얼굴을 스치면
당신이 보고파집니다

떨어지는 낙엽이
거리를 배회하면
당신이 그리워집니다

가슴에 하얀 구름
뭉글뭉글 피어오르면
당신이 기다려집니다

먼 산이 붉게 물들고
노을 속에 잠기면
당신의 사랑이 붉게 물듭니다

추억이 모인 강물은
세월이 흐른 먼 훗날
당신 앞에 은빛으로 흘러갈 것입니다

사랑이 떠나던 날

이제는 먼 곳으로 떠나간 사랑아
지나간 얼룩마저 기억 속으로
숨어 버리는구나

어우러져 가는 인생길에 만난 사랑아
만남은 이별이라는 것을
우리는 너무도 잘 알고 있었지

사랑이 떠나가던 날
천둥이 울어대고 뇌성이 쳐
마음은 너무 무섭고
두려워 불안에 떨었지만

먼 훗날 영혼이 되어 다시 만날지라도
우리 서로 사랑하지 말자
다시 가슴이 아프니까

살아가는 동안 기억 속에 남아
끝없이 방황할지라도
떠난 사랑은 지나간 추억이니
가슴속에 영원히 묻어 두리라

잊어버리리

아름다운 꽃도 피고 지는 것을
금세 잊어버리듯이
내 안의 꿈틀거리던
아픈 미련 잊으리라

초가 째깍거리고 시간이 가며
세월이 흘러가듯
참을 수 없는 시련도
희석되어 시간을 따라
쫓아가리라

계절이 변하며 산천초목을 희롱하듯
인생은 세월의 노예
지난 모든 일은
과거 속으로 들어가고 서서히 늙어가므로
애써 잊으려 하지 말고
친절한 시간에 맡긴 채 기다리는 것이리

그건 아주 오래전에 있었던 일이라고
누군가에게 말하리라

인생이란
영원히 없듯이 다 사라질 것이기에
덤덤하게 잊으리라

님을 향한 마음

가을 향기 묻어나는 서늘한 바람 앞에
사랑을 휘어 감고 따뜻한 가슴으로
님 곁에 갑니다

맑은 하늘에 새겨진 님의 얼굴이
모락모락 피워 오르며
가슴에 보고픔이 일렁입니다

밤새 찬바람 불고
수은등이 외로움에 떨 때
님을 향한 축축한 목마름이
그리운 조각들을 애써 붙잡습니다

인생은 허무한 것이라고 그 누가 말을 했던가
님을 잊는다 하면서도 아침 햇살이 다가오면
온몸이 발갛게 물이 듭니다

세월이 흘러도

아침 햇살이 찾아들면
아릿한 가슴에
그대가 그리워집니다

그대를 향한 축축한 목마름은
단비가 되어
가슴에 보슬보슬 내립니다

그대가 있어
깜깜한 밤에도 별이 빛나고
아름다운 꽃도 핍니다

매미 소리, 새소리도 잠든
고요한 밤이 찾아와도
환하게 다가오는 그대입니다

그대와 동행하는 이 길은
세월이 흘러서도
깊은 영혼의 울림일 것입니다

하늘 비에 그리움 띄우며

가을비가 촉촉이 내리는 날
진한 외로움이 찾아와
창가에 살며시 앉습니다.

외로움은 온몸을 지배하며
슬픈 얼굴로 기웃거립니다.

쓸쓸한 가을비에 촉촉이 젖은
그리움은 가슴을 두드립니다.

사랑했던 기억이 스물스물 올라오며
추억이 빗물이 되어 가슴을 파고듭니다.

촉촉이 내리는 비에
따뜻한 차 한잔으로 마음을 달래 보지만
쓸쓸함은 그대로입니다.

추억 마디마디마다 내 소망을 담아서
하늘 비에 그리움을 띄우며
아름다움을 가슴에 안습니다.

제목 : 하늘 비에 그리움 띄우며
시낭송 : 박영애
스마트폰으로 QR 코드를 스캔하면
시낭송을 감상할 수 있습니다.

하얀 그리움

달빛은 구름 속에 숨고
별빛마저 어둠 속에 숨네

어둠 속에 침몰한 마음은
뿌연 안개 속에 갇혀 버리고

수많은 사연들이
추억 속에서 헤매이다가
생각 속에 퐁당 빠져 버렸네

너의 고결한 마음에
내 마음을 살며시 포개고
행복의 날개를 펼치지만

어두운 밤은 가고
여명이 창에 내려도
하얀 그리움은 그대로
가슴을 촉촉이 적시고 있네

어찌해야 됩니까

낙엽은 거센 바람에 휘날리고
흩어졌던 그리운 조각들이
가슴에 빗방울 되어
주르룩 쏟아집니다

떠나간 사랑의 애잔함은
상처투성이가 되어 슬픈 눈물이 흐르고
오래오래 사랑하겠다던
그 맹세는 어디로 가버렸는지

메마른 허공에 기러기 한 마리 날아오르고
깜깜한 밤 들려오는 별의 노래가
슬프기만 합니다

당신을 위한 아리아는
슬픈 눈물이 되어 툭 툭 떨어지고
떠나간 시린 사랑을
아픈 그리움으로 껴안으며
외로운 꿈을 꾸렵니다.

제목 : 어찌해야 됩니까
시낭송 : 박태임
스마트폰으로 QR 코드를 스캔하면
시낭송을 감상할 수 있습니다.

4부
달빛 지는 밤에

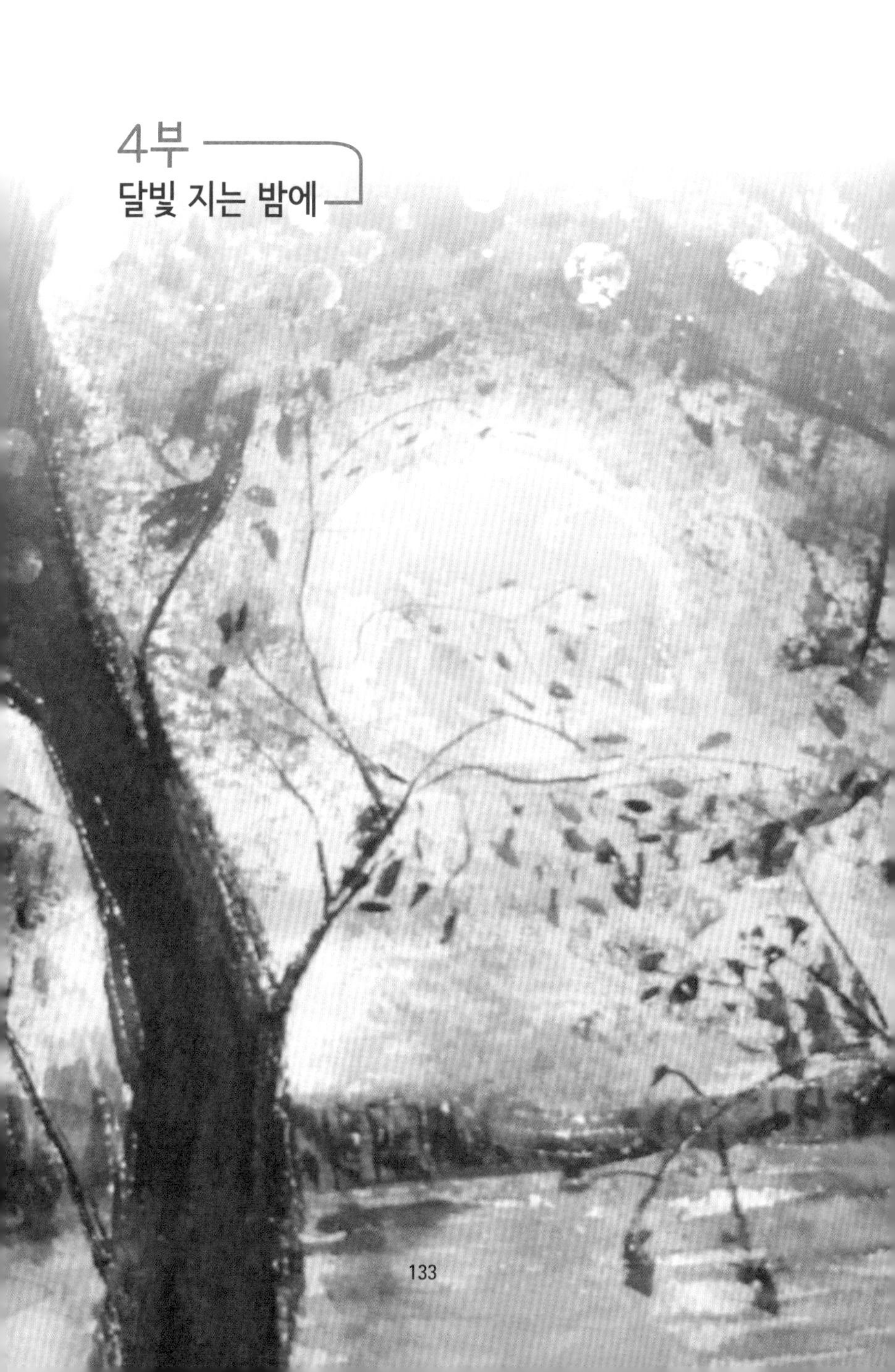

달빛 지는 밤에

시린 달빛이 눈물을 삼키던 밤
노란 단풍잎이 떨어진다

달빛 향기 가득한 시린 밤
찬바람이 나뭇가지를 흔든다

흔들리고, 흔들리다 보면
달빛은 다 떨어지고
달빛 향기 홀로 남아
내 주위를 맴돈다

되돌릴 수 없는 길에 허무감을 안고
달빛에 떨궈진 기억을 모아
가슴에 주워 담는다

일부는 떠나 가버리고
일부는 온몸을 감싸 안아
살아 있는 동안 추억 속에서
나를 흔들 것이다

제목 : 달빛 지는 밤에
시낭송 : 박순애
스마트폰으로 QR 코드를 스캔하면
시낭송을 감상할 수 있습니다.

삶의 모퉁이에서

시간이 바람을 타고
쏜살같이 달아나며
세월을 독촉하네

삶의 굽이굽이에서
세월은 무심히 흘러가 버리고
무겁게 내려앉은 마음
구석 구석마다 주름진 물결이 이네

기쁨보다 서러움이 더 깊어져
가슴이 시리고 시리니
어이하나!
많은 사연 끌어안고 가야 하는
운명인 것을...

추억 속에 고이 간직하고
밤하늘의 별을 헤이며
그리움을 달래보네

산다는 것은

산다는 것이 이렇게 힘든 일인지
마음은 한없이 작아지고 자신감은
일찍이 곁을 떠나 황량한 벌판에서
시린 바람에 꽁꽁 언다

영혼은 피폐해지고
가슴에 쌓인 상처는 곪아 터진다
눈물은 시도 때도 없이 흐른다
빈손으로 왔다가 빈손으로 돌아가야 하는
인생의 길인데 부질없는 욕심이 나를 괴롭힌다.

지나친 욕망은 자신을 슬프게 한다
모두를 힘들게 한다
오늘은 만족이고 내일은 고마움이다
그래야 마음에 평안히 오나니
오월의 푸르름과 꽃들의 초대에
흥겨운 노래로 시름을 잊는다

꿈이여

순백의 그리움을 안고
별을 헤이며
시린 가슴을 달랬다

긴 설레임 끝자락에
하얀 나비가 되어
고운 님을 만났다

지고지순한 님이여
아픈 미련 남기지 말고
내 사랑이 되어다오

평안이 찾아들고

두 눈을 감으면 끝없는 심연에
빠져 허우적거린다

수많은 갈등으로
옥죄오는 가슴의 통증
많은 욕심은 나를 삼켜 버리고
허공에서 몸부림쳤던
원망과 미움이 밀려든다

어두움 속 긴 터널을 지나
모퉁이를 돌고 돌아
새벽안개를 뚫고 나온다
밝은 햇살이 눈부시다

맑은 하늘이
마음을 감싸며 미소 짓는다.

어둡고 아리고 깊어만 갔던
음지의 상처를 다 지우고
새 희망이 손짓하는 곳으로
한 걸음 한 걸음 걸어 나온다

사람은 외로운 존재

서늘한 가을이 주는
쓸쓸함이 가슴을 적신다

낙엽이 거리마다 나뒹굴고
슬픈 이별의 전주곡이 흐른다

세월이 가는 소리가
자박자박거리며
나지막이 들려오고

허공 속에 홀로 남아
머무는 바람이
어느새 찬바람 되어
나를 부른다

어디에서 와서 어디로 가는지
떠도는 바람만이
가슴에 일렁이는구나

산다는 것은
누구나 외롭고 고독한 것이니
홀로 견디고 참아내는
지혜를 가슴에 담아 두리라

나를 끌어안고

흔들리는 바람에 매달려
세상의 모든 것들을 유람하고 깨달은 일이
내 안에서 숨을 헐떡이고 있다

뿌연 안개 속에 머물며 허우적거릴 때
강물에 차오르는 은빛 물결이 살며시 다가와
맑은 햇살로 나를 건져 올렸다

삶의 끝을 생각할 때
푸르른 잎을 따다가 희망의 꽃을 피워
아픈 가슴을 안아 주기도 했다

어둠 속에 몸을 담그면
달빛은 맑은 바람을 몰고
푸른 가슴으로 나를 끌어안고
어둠을 헤쳐 나갔다

나는 오늘도 바람 따라
희망의 꿈을 안고 뜬구름을 쫓으며
반짝이는 별을 영혼으로 안는다.

제목 : 나를 끌어안고
시낭송 : 박영애
스마트폰으로 QR 코드를 스캔하면
시낭송을 감상할 수 있습니다.

고통이 따를지라도

과거는 매일 만들어진다
살아가는 동안에 흔적을 남기며
생각을 지배한다

흔적은 없어지지 않고
추억 탑을 차곡차곡 쌓아서
기쁨이 되기도 하고 슬픔이 되기도 한다

견딜 수 없는 고통이 지금 따를지라도
모든 것은 지나간다
계절이 변하듯이 스산하고 시린 매서운 겨울이 지나면
따뜻한 봄이 찾아와 포근히 안아주므로
마음을 위로하자

희망은 나를 기다린다고
숨 한 번 크게 쉬고 슬픔을 떠내 보내자

제목 : 고통이 따를지라도
시낭송 : 최명자
스마트폰으로 QR 코드를 스캔하면
시낭송을 감상할 수 있습니다.

고독

찬바람 불어와
이 가슴 시리어라

스산하고 쓸쓸한
고독이 힐끔거리며
따라와 나를 붙잡네

어이하나
사랑은 저 멀리 떠났는데

어릿한 아픔이
슬픈 눈물 되어
가슴에 흘러내리네

어떻게 견뎌 내야 하나
찬 서리 내리고 나면

초록 잎 갈잎 되어
훅 떠나 버리면
텅 빈 마음은
그 누가 위로해 줄까나…

왜 그러시나요

그리운 마음이
별빛 쏟아지는
밤하늘을 덮습니다

그대 생각에
하얀 밤을 지새우고
가슴은 답답합니다

한없는 보고픔을
달빛에 꿰어 전했는데
그대는 왜 모른 척할까요

텅 빈 가슴은 시리고 아픈데
회색빛 선율이 슬픔을 타고 흘러내리며
고운 실루엣은 멀리 떠났습니다

낯설고 흐릿해진 그대여
초점 없이 시간은 흐르고
그리움이 방울방울 맺힙니다

혼자 가는 길

인생은 처음부터
혼자 여행을 온 것이다

외로움을 가슴에 안은 채
홀로 가야 하는 길

가끔씩은 형언할 수 없는
고독이 가슴을 파고들어
눈물이 날 때가 있다

어디서 어떻게 왔는지
어디로 어떻게 가야 할지
전혀 알 수 없는 미로이기에

오는 길도 혼자였듯이
가는 길도 혼자 가는 것이므로
너무 외로워하지 말자

이것이 인생이므로...

빈 가슴

어느 날
스산한 바람이
스치고 지나면

툭 떨어지는
쓸쓸한 고엽 하나 주워들고
그리움에 눈시울이 붉어진다

허전한 마음은
무엇으로도 채워지지 않고
견딜 수 없는 아픔을 준다

보고픔이 주위를 맴돌고
텅 빈 가슴은
그리움으로 채운다

제목 : 빈 가슴
시낭송 : 김지원
스마트폰으로 QR 코드를 스캔하면
시낭송을 감상할 수 있습니다.

흐르는 물같이

인생은 서러운 거야
뜨거운 눈물
마음속 슬픔 씻어 내리고
다시 살아갈 힘 주기도 하지

죽을 것 같은 고통
흐르는 시간에 묻어가며
다시 살아갈 힘을 부르며
그렁그렁 잊어 주리오

살다 보면
어느 날 눈물이 핑 돌아
행복 날개 곱게 달아
푸른 창공 날기도 하지

살아온 것들이 도란도란 모여
길고 긴 추억의 탑 쌓아가며
삶의 페이지 넘겨지는구나

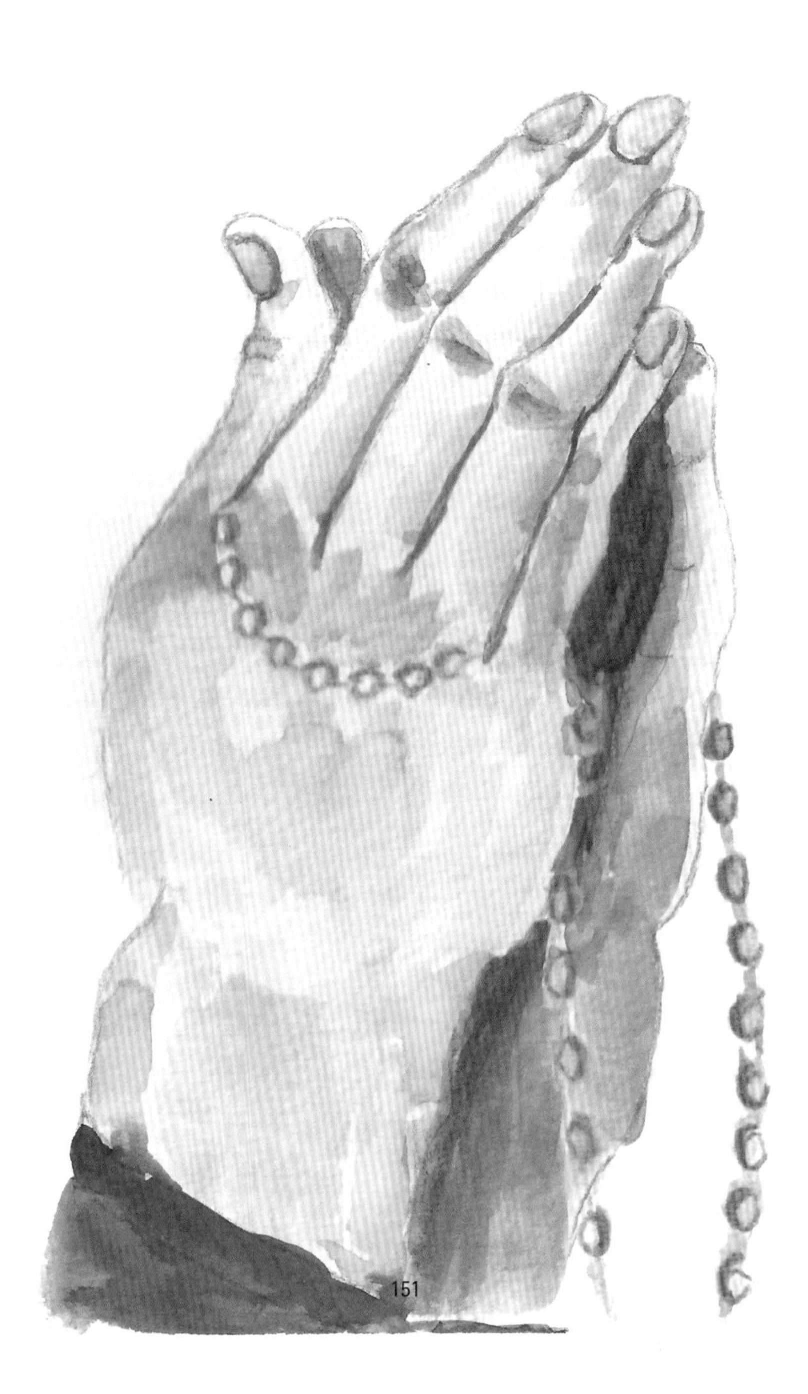

아픈 자화상

어둠이 찾아 들고 달빛이 창가에 흐를 때
차가운 달빛은 가슴을 헤집고 들어와
슬픔을 안겨 준다.

가끔씩 찾아드는 고통은
한없는 외로움으로
가슴을 적신다.

산다는 것은
행복도 불행도 오래가지 않는 것
방향이 어디인지도 모른 채
숨 가쁘게 달려가는 것이다.

가끔씩은
매서운 바람이 불어와
몸을 가눌 수 없을 때 포기도 한다.

늘 가슴은 휑하니 비워져 버리고
쓸쓸하고 아픈 흔적은
상처로 남는다.

아직도 갈 길이 멀고 힘이 들지만
지나온 수고와 고통을 벗 삼아
누군가가 던지고 간 아픈 부스러기를
오늘도 치운다.

제목 : 아픈 자화상
시낭송 : 박영애
스마트폰으로 QR 코드를 스캔하면
시낭송을 감상할 수 있습니다.

너를 보낸다

차갑게 부서진 사랑의 파편들이
겨울밤에 흩어진다

오늘의 달빛에 그리움 하나 지우고
내일의 달빛에 그리움 하나 지우고
이젠 당신을 놓는다

행복했던 기억도
고통스러웠던 기억도
흐르는 세월 속으로 집어넣는다

사랑은 불처럼 타다가
재가 되어 날아가 버리고
아련한 기억 속에 흔적만이
희미하게 남는 것이므로...

그리움을 별에 달다

차가운 달빛이 흐르고
구름은 옹기종기 모였네

시린 바람에 빛바랜
이파리들의 한숨 소리
이별이 서러워
가슴속에 눈물이 흐르고

혼자 남아 견뎌야 하는
긴긴밤의 사무친 외로움
찬 이슬 머금은 풀잎들을
벗 삼아 슬픔을 말해 볼까

햇살 비추는 언덕에 서서
내 님이 올 날을 기다릴 거라고…

어두운 밤 별을 헤이며
그리움 하나, 그리움 둘
별에 매달아 놓을 거라고.

찬란한 빛으로

맑은 하늘은
흰 구름 뭉글뭉글 피어오르고
아름다운 햇빛은 하얀 창에
부드럽게 미소를 짓네

갈잎은 하나 둘
낙엽 되어 소슬바람에 속절없이 떠돌고
떨리는 손으로 낙엽 하나 붙들고
말하지 못 하였던 사연을 담아서 보낸다

운무 속에 표류하던 어두웠던 마음
밝은 햇살이 찾아와
맑은 행복을 찾았네

찬 서리 내려 가슴이 시리고
거센 바람과 폭풍우가 와도
무서워하지 않으리

단단한 사랑의 끈을
어둠 속에 반짝이는 별에 묶어
찬란한 은빛을 내리라

젊음의 초상

내 인생의 과거를
한 페이지씩 넘겨본다

지난 젊은 날
앞이 보이지 않는 어둠에서
헤매이던 날들

애써 자신을 외면하려고 발버둥 치며
울부짖었던 날들

밝은 희망을 찾기 위해
앞만 보고 달려갔던 열정으로 뭉친 날들

추억의 파노라마가 눈 앞에 펼쳐진다
다시는 뒤돌아 가고 싶지 않은
그 젊은 날이지만

한 발 한 발 성실하게
내 길을 또박또박 걸어온
나에게 찬사를 보낸다

잘못과 실패도 많았지만
젊은 날에 걸어온 나의 길을 소중하게
이 목숨 다하는 날까지 같이 할 것이다

허 망

뿌연 안갯속에 가려 나를 알 수 없고
마음은 천 갈래 만 갈래
조각조각 찢겨져 버리고
황량한 벌판에 홀로 서
거센 바람에게 가슴을 할퀸다.

마음을 어디에 둬야 할지
무엇을 어찌해야 할지
미로에 질척거리며 헤매이고
살아온 세월은
안타까운 추억만이 남아 울컥인다.

지나온 기억들의 회한은
되돌릴 수 없는 아쉬움만 가슴을 메우고
무기력하기만한 삶이 애달파
눈물만이 가슴을 타고 주르룩 흘러내린다.

제목 : 허망
시낭송 : 박태임
스마트폰으로 QR 코드를 스캔하면
시낭송을 감상할 수 있습니다.

이런 나를 아시나요

이영애 시집

초판 1쇄 : 2018년 1월 19일
지 은 이 : 이영애
펴 낸 이 : 김락호
디자인 편집 : 이은희
삽 화 : 윤은정
기 획 : 시사랑음악사랑
인 쇄 : 청룡
연 락 처 : 1899-1341
홈페이지 주소 : www.poemmusic.net
E-Mail : poemarts@hanmail.net

정가 : 15,000원

ISBN : 979-11-86373-97-2